T0072541

SECUESTRO EN RIO BEND

PEDRO LEON

BALBOA.PRESS
A DIVISION OF HAY HOUSE

Puede hacer pedidos de libros de Balboa Press
en librerías o poniéndose en contacto con:

Balboa Press
Una División de Hay House
1663 Liberty Drive
Bloomington, IN 47403
www.balboapress.com
844-682-1282

Debido a la naturaleza dinámica de Internet, cualquier dirección
web o enlace contenido en este libro puede haber cambiado
desde su publicación y puede que ya no sea válido. Las
opiniones expresadas en esta obra son exclusivamente del autor
y no reflejan necesariamente las opiniones del editor quien, por
este medio, renuncia a cualquier responsabilidad sobre ellas.

El autor de este libro no ofrece consejos de medicina ni
prescribe el uso de técnicas como forma de tratamiento para
el bienestar físico, emocional, o para aliviar problemas médicas
sin el consejo de un médico, directamente o indirectamente. El
intento del autor es solamente para ofrecer información de una
manera general para ayudarle en la búsqueda de un bienestar
emocional y spiritual. En caso de usar esta información en este
libro, que es su derecho constitucional, el autor y el publicador
no asumen ninguna responsabilidad por sus acciones.

Las personas que aparecen en las imágenes de archivo
proporcionadas por Getty Images son modelos. Este tipo
de imágenes se utilizan únicamente con fines ilustrativos.
Ciertas imágenes de archivo © Getty Images.

Información sobre impresión disponible en la última página.

ISBN: 978-1-9822-7738-3 (sc)
ISBN: 978-1-9822-7739-0 (e)

Fecha de revisión de Balboa Press: 05/25/2022

RECONOCIMIENTO

En primer lugar, me gustaría agradecer a Mamá y Papá.
Gloria y Pedro Leon y mi madrastra Ignacia Leon y que descansen en paz.

A mi suegra Marcelina Rodríguez.

A Mi esposa Lupe Leon por su amor, paciencia y comprensión.

Mis 3 sobrinos Aj. Omar y Noelito por su ayuda con los problemas de mi computadora.

Ahora agradecer a todos nuestros amigos que nos hemos reunido aquí en el Valle Imperial y a mis compañeros de trabajo de ICE en El Centro Ca. Y todos mis lugares de destino.

Amigos de Las Chabelas, Turi y la banda.

A los miembros de la banda de pure inspiratión y latón del lado este.

Además, me gustaría agradecer a nuestros amigos que nos hemos encontrado en Nuestros viajes. Primero de Rio Bend RV Park and Resort en El Centro Ca.

GARY y Ann de Canadá.

Cynthia y Nancy, Personal de la oficina.

Rick y Cathy de Oregon.

Bob y Judy. Campo de golf.

Ron y Sharon de Oregon.

Jimmy e Irene.

Alberto y María de Rio Bend.

John John de Rio Bend.

Cesar de Selma ca.

Melvin de Best Buy en Santa Clarita Ca. Quien me ayudó con los problemas de mi celular.

Cattlemans Kountry kitchen en Roswell NM. El mejor hígado encebollado del mundo.

Y todos esos pájaros de la nieve que conocimos en Rio Bend.

Y gracias a todos ustedes desde el fondo de nuestros corazones.

Nuestra casa es donde nos estacionamos.

Creciendo en el Valle Imperial, Tuve muchas oportunidades de ver varias casas rodantes, auto caravanas y vehículos recreativos. Solía pensar "qué gran manera para vivir y viajar. "Mis hermanos y yo nunca tendríamos que quedarnos en un lugar durante todo el año debido a las órdenes de custodia entre nuestros padres. Mi hermano y yo vivimos con nuestro Papá la mayor parte del año escolar y con nuestra Mamá durante los veranos. Volviendo atrás y adelante, sí, yo quería esa casa rodante que Gobierna el tipo de vida del camino.

Estando en los Marines durante un lapso de cuatro años, conocí a muchos chicos geniales. Algunas veces hablábamos de lo que haríamos y donde viviríamos cuando estuviéramos fuera de los Marines.

Todos sabían que yo quería explorar el camino abierto. Mis Camaradas y yo hicimos la promesa de visitarnos cuando estuviéramos todos fuera, y como grandes amistades que somos, nunca lo hicimos.

Sin embargo, con mi experiencia militar pude conseguir un trabajo con la fuerza de policía. Mi corazón inquieto no estaba feliz. A pesar de intentar mantener a una joven familia, cambié de carrera para convertirme en un conductor de camión de largo recorrido. Disfruté que no b.s, muchos viajes, viendo todas esas magníficas casas rodantes y vehículos recreativos, el trabajo fue fácil. Pero esa vida no fue buena para un hombre casado con hijos. Después de varios años, entré en un tipo diferente de cumplimiento de la ley, Agente Ice.

Que parecían satisfacer mejor las necesidades de mi familia mientras todavía me escapaba... por un tiempo. Un alma errante no significaba que no amaba a mi familia, pero tuvo un alto precio. Después de veinticinco años de vida matrimonial, me encontré como un hombre soltero con hijos mayores. Habiendo pagado mis deudas a mi familia y a mi País, sentí

que era hora de que mis deseos fueran primero.

Recordé esas 'casi' promesas que me hice a mí mismo para conseguir uno de esos vehículos recreativos y ver sitios que había puesto en mi lista de deseos. Así que, después de asegurarme una pequeña casa rodante y haciendo el tiempo, incómoda transición de apartamento a casa rodante, trabajé en mi sueño de buscar aventuras.

Pero descubrí que era una existencia solitaria y no lo que realmente quería. Me convertí en mi Peor compañía. Las pesadillas pronto se me unieron. El más mínimo sonido me sobresaltaba. Las pastillas para dormir y los analgésicos me podían permitir descansar durante días, a veces. Pero soy un superviviente y con una mirada en el espejo, las interminables borracheras de alcohol a las que me había acostumbrado, llegaron a su fin un día. Después de que la VA confirmó el trastorno de estrés postraumático, mi vida cambió de nuevo después de 3 años Limpiándome física y emocionalmente me moví fuera de lo que pensé que quería y de vuelta a un Departamento.

La vida tiene una manera de mostrarte a alguien con quien tienes que estar, y para mí eso resultó ser una buena dama en mi edificio de apartamentos. Después de varios intentos para llamar la atención de esta hermosa mujer, yendo tan lejos como para patear una lata para hacerlo, finalmente le pedí salir a esa dama. La mejor decisión que tome después de salir durante unos meses fue mudarnos juntos. Después de vivir juntos por alrededor de un año decidimos casarnos.

La convencí de que intentara vivir en una casa rodante, o eso pensé. Eso no solo fue duro, pero estresante. Había pintado un retrato asombroso de la vida en el camino, pero ella estaba preocupada por dejar su trabajo. Si alguna vez han reducido el tamaño de dos apartamentos en un autobús, bueno... sí... dificultades. Y el período de ajuste para ella fue terrible. Ella era como una leona caminando de un lado a otro frustrada.

Pero, por supuesto, al comenzar, hubo, debemos decir, problemas de mantenimiento y reparación. Y las cosas mejoraron.

Nos alojamos bastante en parques de

casas rodantes y campamentos donde había grandes atractivos y vistas. Ella empezó a ver el atractivo y la aventura que anhelábamos.

Viajamos mucho. Tucson Az. TombStone Az. El Paso Tx. Carlsbad N.M., Roswell N.M.. AlbUquerque N.M., Williams AZ., Puerta Camino al Gran Cañón. Nos quedamos en cada lugar durante un mes. Cosas asombrosas que ver y hacer dondequiera que fuimos. Y nosotros Apreciábamos que tuviéramos la flexibilidad de tiempo y teniendo nuestra casa móvil. La mayoría nos llamaban "pájaros de la nieve", supongo que, ambos estábamos jubilados en este punto, pero no hemos sido los del norte como la mayoría de los pájaros de la nieve lo son. Habíamos crecido en la mitad sur de nuestro magnífico País. Aun así, fue lo que ganamos como apodo. Mi Esposa y yo conocíamos que nuestra principal casa era, sin duda alguna, Rio Bend. Ellos organizaban veladas de bienvenida y despedida, y no importaba tu valor financiero. Después de que dejamos Williams Az. A mediados de septiembre regresamos a casa en Rio Bend en el Valle Imperial. Cynthia fue

nuestro principal contacto en la oficina, es una gran persona con quien lidiar. Si teníamos alguna pregunta ella estaba ahí para nosotros. Después de un tiempo en Rio Bend estuvieron llegando más y más pájaros de la nieve desde diferentes partes del país para el invierno y algunos llegaron desde Canadá. Ya teníamos un lugar de estacionamiento para caravanas para el Comienzo de la temporada de invierno y muchos pájaros de la nieve aparcaron las casas rodantes a nuestro alrededor y a medida que pasaba el tiempo, tuvimos el placer de conocer muchos pájaros de la nieve. Unos de los primeros pájaros de la nieve que conocimos fueron Gary y Ann de Canadá. Gary y Ann son grandes personas y con el paso del tiempo conocimos más y más pájaros de la nieve, Rio Bend tiene un gran campo de golf pero debido a una lesión en la espalda ir estaba fuera de discusión para mí. Río Bend también tiene 2 grandes lagos de pesca, ahora eso es genial para mí. Mi esposa pronto se unió al centro de actividades y conoció a muchas damas maravillosas, ellas se convirtieron en muy buenas amigas. Un día, mientras estaba fuera de casa, me pregunto el

gerente que si estaba interesado en un trabajo de seguridad a tiempo parcial de 4p a 10p 3 veces a la semana y dije que sí. Mientras montaba en el carrito de golf conocí a más pájaros de la nieve y hablábamos de dónde éramos y de otras cosas y después de un tiempo mi esposa y yo fuimos invitados a unas bebidas. Pronto nos invitaron para ir a visitarlos, en su parte del Mundo. Fue un gran lugar para estar en invierno, buen clima todos los días agradable y soleado tal como les gusta a los pájaros de la nieve, mucho golf y tiempo de fiesta.

Pronto los trabajadores de la construcción comenzaron a venir debido a un proyecto importante en el Valle. Muchos de los trabajadores parecían realmente agusto, trabajarían todo el día y descansar en la noche. Por ser un guardia de seguridad Fui capaz de conocer a la mayor parte de los trabajadores de la construcción. Algunos de ellos iban al bar a tomar unas cervezas y luego Volvían a sus quintas ruedas o casas rodantes para descansar para el día siguiente.

Después de un tiempo algunos de los trabajadores de la construcción Llevaban

bebidas alcohólicas a la piscina y eso fue un gran no no y señalamientos fueron publicados alrededor de la piscina sobre que no se permitían bebidas alcohólicas en el área de la piscina. Entonces empecé a llamarles la atención sobre esto, pero pareció no gustarles la idea. Una noche de sábado alrededor de las 945 p.m. se dio la última llamada a para pedir bebidas alcohólicas y algunos de los trabajadores contratados querían seguir bebiendo pero el cantinero les dijo que el bar cerraba a las 10p, algunos de ellos se volvieron irrespetuosos hacia las camareras, recibí una llamada de una de las camareras diciéndome que algunos de los contratistas no estaban muy contentos de que ya no podían comprar cerveza en el bar.

Fui al bar y les dije a los individuos que no había necesidad de ser irrespetuosos con las camareras y que un informe de sus acciones seria informado a la dirección de la oficina. Unos días después de ese incidente El alcoholismo desenfrenado se convirtió en un problema y merecía un poco de atención. Hablé con el contratista supervisor y le dije lo que estaba pasando,

dijo que lo Hablaría con ellos en grupo y dije que estaba bien, Gracias. Pensando que las cosas Estarían bien. Unos días después me avisaron unos pájaros de la nieve que se encontraban botellas de cerveza quebradas en el medio de la calle por las mañanas, después de eso, se encontraron grafitis en el baño de los hombres, no teniendo cámaras de seguridad colocadas en todas partes era imposible saber quién era, los incidentes continuaron pasando entre el personal de gestión y algunos contratistas. Algunos contratistas fueron retirados del parque de casas rodantes debido a que sus acciones no se mantuvieron bien con algunos trabajadores subcontratados. Las cosas comenzaron a establecerse pero todavía encontraríamos botellas de cerveza quebradas en medio de algunas calles, No había nada que pudiéramos hacer más que limpiar este lío. La temporada de invierno se estaba yendo realmente rápido y las cosas estaban llegando a su fin. A principios de marzo salió un aviso sobre la fiesta de despedida se acerca en un fin de semana en abril. Es cuando todos

los pájaros de la nieve dicen adiós y todos visten de lo mejor, mucho estrafalario.

Marzo vino y se fue muy rápido todos empezaron a decir adiós antes de la fiesta de despedida. Por ese momento mi esposa y yo conocimos muchos pájaros de la nieve y en algunos casos nos hicimos amigos muy cercanos, podíamos hablar de todo incluso de algunos asuntos personales que solo les puedes decir a tus amigos personales. El fin de semana de la fiesta de despedida Llegó, y estaba programada a las 8p en el pórtico ese sábado por la noche, el pórtico es un gran entretenimiento cubierto con área de bar, piscina, quiosco de música y un servicio de comida cercano. Ya que aún era temprano en el día, le dije a mi esposa que iba a ir a pescar y al lago del campo de golf que yo Sabía muy bien estar pescando allí muchas veces y que volvería en el tiempo para prepararme para la fiesta de despedida.

Mi carrito de golf no funcionaba ese día. Se me olvidó cargarlo. Dado que el lago estaba a unos 3 campos de fútbol de distancia de nuestro lugar de estacionamiento decidí caminar ese día

y me llevé la mayor parte de mi equipo de pesca conmigo, incluido mi cuchillo de monte de 12" del cuerpo de Marines.

El campo de golf estaba cerrado temprano, para que todos pudieran asistir a la fiesta de despedida así que eso significaba que tenía todo el lago para mí mismo, y que no tenía que esquivar pelotas de golf y el mariscal de golf no estaba cerca para echarme como muchas veces antes. La pesca estuvo genial, honestamente perdí la noción del tiempo.

Llame a mi esposa para disculparme y le dije que estaba en camino de regreso del lago. Me desconecte, agarré todos mis preciosos aparejos de pesca y los colgué sobre mi hombro.

Escuchar una conmoción en el edificio donde se iba a llevar la fiesta de despedida, hice una pausa en el sitio. Luego me moví a esconderme, pero en el sol a lejos todavía podía ver.

Podía sentir mis cejas tensas cuando presencie a varios hombres vestidos de negro armados con armas devastando a algunos de los clientes de Rio Bend, no podía creer lo que estaba viendo.

La gente estaba siendo empujada bruscamente hacia el pórtico por los hombres en la puerta. Con las amplias ventanas de vidrio que dan al lago. Pude ver a los patrocinadores despojados de sus galas y joyas, atados y algunos amordazados. En estado de shock, miré como el primero a un servidor y luego alguien de la cocina que salió a ver qué estaba sucediendo pero fue atacado por los intrusos. Donde cayeron, no pude ver pero mi ansiedad aumentó.

Llamé a mi esposa y le dije que se quedara en casa, que apagara todas las luces, cerrara la puerta, y se mantuviera abajo. Le dije que no atendiera a la puerta a nadie que no fuera yo, o las fuerzas De la ley, y le dio un breve resumen de lo que acababa de ver. Ella comenzó a atacarme con preguntas rápidas, le dije Quédate callada y a salvo, que me quitaría del teléfono para que no me descubrieran, y que la vería pronto como pudiera.

Luego, me aseguré de que mi teléfono todavía estuviera en modo vibración, como lo tenía cuando pescaba así no me asustaría, y lo volvería a poner en su

contenedor impermeable. Hecho eso, me deslicé el contenedor del teléfono en uno de mis bolsillos de la camisa de pescadores.

Manteniéndome escondido lo mejor que pude, Trabajé mi camino un poco más cerca para estar seguro de saber lo que estaba pasando en realidad.

Estaba mal. La gente estaba siendo maltratada por rifles y atados con las manos detrás de sus espaldas. Alguien de negro todavía estaba caminando con una bolsa y los pájaros de la nieve y los jubilados entregaban a regañadientes sus posesiones. Cualquiera que estaba con su teléfono celular fue golpeado por sus armas o abofeteado. Eso Definitivamente fue un robo, y todos esos no lo vieron venir hasta que fue demasiado tarde. Parecía que había un total de 5 hombres armados manteniendo a los rehenes.

Los arbustos y arbustos cuidados me ofrecieron una gran cobertura como reposicionando mi equipo y miré a mi alrededor. Conociendo que el equipo era engorroso, deslicé mi engranaje de pesca lentamente al suelo y lo empuje debajo

de unos arbustos. Hecho eso, miré a ver si me habían descubierto.

Noté que uno de los perpetradores estaba viniendo por el costado del pórtico, y estaría expuesto.

Rápidamente hice mi camino de regreso al muelle del lago, usando los arbustos para protegerme de su vista. En unos momentos, vi el hombre armado caminando por el camino del monte, estaría expuesto. Con cuidado y rápidamente, me trasladé al final del muelle y me deslice en el agua. Aguantando la respiración, jale mi aliento, y me metí bajo el sistema de soporte del muelle y vine debajo del muelle actual. Tratando de no perturbar el agua más de lo que tenía, esperé, manteniendo mi respiración superficial. Y luego escuché a alguien bajando los escalones por el muelle. Mi pánico se convirtió en el tranquilo aplomo militar que había sido entrenado décadas antes. Mirando a través del listón de la madera en el muelle, reconocí al hombre mientras se quitaba el pasamontañas para atrapar una brisa como uno de los contratistas que vivía a unos espacios de mí. La realidad me golpeo hasta las entrañas.

Los contratistas nos estaban robando y estábamos, como lo demuestra su ataque a las personas, en peligro real.

Como el contratista vuelto secuestrador se volvió para regresar a la instalación con sus camaradas, mire lentamente por debajo del borde del muelle para ver su avance, se movió hacia las instalaciones de golf, checando las puertas y mirando por las ventanas. Después de unos cuantos chequeos más y un vistazo rápido a los arbustos y de regreso al muelle, subió por el camino hacia el pórtico de nuevo. Exhalando el aliento que no sabía que lo estaba sosteniendo, usé el muelle para cubrir mi progreso de regreso a la orilla.

Corriendo hacia los arbustos, saqué mi carcasa impermeable del teléfono y verifiqué que había hecho su trabajo.

Un sonido de una pistola y gritos llamaron mi atención. Apresurándome lo mejor que pude sin revelarme, me dirigí a mi Equipo de pesca. Agradeciendo que mi acercamiento no fue notado, saqué con cuidado mi cable de pescado de larguerillo y tijeras de pesca que necesitaba antes de volver a mi equipo escondido.

Usando los arbustos a lo largo del camino, me acerqué más al edificio donde los que venían a la fiesta estaban siendo secuestrados. Los hombres armados ahora se colocaron cerca de los amplios ventanales que dan al lago. Me prometí de protegerme de todos los terroristas, extranjeros o doméstico pateado fuerte, y eso significaba que no podía arriesgarme a que me atraparan. Manteniéndome agachado, saqué mi celular y llamé a mi amigo militar de X-sniper, Benny, para asesorarlo de lo que estaba pasando. Nuestra conversación fue breve y silenciosa, para que mi posición no fuera revelada. Sabiendo que se necesitaría que llegara la policía local, le pregunté a Benny si podía venir y traer su rifle de francotirador y subir a la torre de agua para cubrirme la espalda y una vez que llegó al sitio para llamar al 911 y dejarles saber lo que estaba pasando.

La gente está siendo lastimada. Así que es mejor apurarse.

Él respondió que no hiciera nada hasta que llegara allí.

Uno de los secuestradores miró a mi camino, y rápidamente apague mi

teléfono y lo guardé de forma segura en mi bolsillo delantero. Más gritos estallaron y tuve esa urgencia militar y de Samaritano a involucrarme. Eran mis vecinos y amigos. Más que eso, era lo correcto por hacer.

Cuánto tiempo deseé saber si vendría ayuda o Benny lo haría. Un pensamiento me golpeó como una iluminación que golpea un asta de bandera. Saque mi teléfono del bolsillo y llamé y llame al 911, tan pronto como una voz femenina respondió, marqué a Benny, esperando una llamada tripartita. Después de informar al operador del 911 y que Benny me actualizara sobre su posición, con la verificación de la patrulla fronteriza necesaria, Bajé el volumen y puse a todos en el altavoz. Luego puse ese teléfono en su funda protectora y de vuelta en mi bolsillo.

En cuestión de minutos, Benny había confirmado que estaba en la torre de agua sobre 2000 yardas del pórtico.

Y tenía un ojo de águila en la situación para que él pudiera ayudar a dirigir a las fuerzas de la ley cuando ellos llegaran.

El operador dijo que retransmitiría información, pero Benny y yo no íbamos

a ponernos en riesgo de sufrir daños corporales.

Benny luego pidió permiso para disparar a un sospechoso si era necesario, se le dio entonces la luz verde a Benny para disparar a voluntad. La operadora transmitió que las fuerzas de la ley estaban en camino. Tiempo estimado de arribo (ETA), unos 15 minutos.

"Entendido" fue la respuesta de lucha de Benny. Seguido rápidamente con "Scout viene alrededor del lado del lago de la instalación. Oye Pedro será mejor que busques un refugio.

Sabiendo que era vulnerable donde estaba, e incapaz de cubrirme mejor, decidí tomar la ofensiva y como el asaltante armado venía a la vuelta de la esquina checando el terreno, salté hacia adelante y golpeándolo con fuerza en el estómago, llevándolo a quedarse sin aliento.

Entonces le di un puñetazo tan fuerte como mi viejo Puño de Marine podía.

El crujido de su nariz mientras mis nudillos se fundían con su rostro, mientras la sangre se derramaba de su nariz y boca.

Rápidamente patee su arma y procedí

a golpearlo hasta que estuvo inconsciente. Temblando, miré y vi que con todo ese revuelo por dentro, mi ataque había pasado desapercibido. Usando mis tijeras de pesca, corté una manga de la chaqueta oscura de los perpetradores y le hice una mordaza por su dueño. Usé su propio cinturón para asegurar sus manos detrás de su espalda. Luego arrastre al chico por el camino y entre los arbustos. Exitosamente maniobre al hombre fuera de la vista, yo Dejé caer la cabeza para recuperar el aliento.

Un simple ruido hizo que mi cabeza se viniera a tiempo para ver a un segundo trabajador de la construcción convertido en enemigo a yardas de mi posición. El cuerpo cayó en el camino y un pequeño chorro rojo goteando de su cabeza herida. Mi mirada se fue a la rustica torre de agua y le di un saludo fingido.

Luego escucho la transmisión de inteligencia a través de mi teléfono celular mientras echaba otro vistazo a los arbustos fuera de la vista del pórtico y las ventanas que dan al lago. Pasando mi mano sobre mi ceja, traté de controlar mi respiración agitada. Vine aquí por un retiro pacífico

"Yo no quería este tipo de aventura". Cerrando los ojos, luché por controlar mis emociones y mi cuerpo envejecido. Escuchando más gritos y disparos, exhale ruidosamente. El sonido de un arma de fuego me tenía en lo oscurito para la cubrirme. Corrí hacia los arbustos cerca de la pared del pórtico y me apoyé contra el marco de una ventana. En angustia observe a otro vecino pájaro de la nieve, intentando ayudar a su cónyuge golpeada con fuerza por un rifle pegando duro. Me mordí el pulgar para evitar gritar. Apenas escuché una advertencia ahogada de Benny sobre más patrullas preparándose para registrar el perímetro del pórtico. Cabeceo, para recomponerme y retroceder frente a la cubierta de un arbusto a lo largo del costado del edificio. Un vistazo rápido a través de las ventanas vi que las fuerzas del orden necesitaban darse prisa. Las personas, especialmente las personas mayores, no durarían mucho tiempo contra estos criminales. El operador indicó que el refuerzo estaría llegando a la escena sin sirenas para evitar ataques innecesarios a los rehenes.

Vino con el sonido de un par de vehículos bajando por la entrada. Mirando desde mi posición, noté allí que la llegada no había sido notada por los seis asaltantes restantes. Transmitiendo eso a mis Camaradas de comunicación, sentí esperanza por primera vez desde que tropecé con este escenario. Mi celular vibró y la pantalla indicó que era mi esposa llamando. También mostró batería baja. Golpeé para despedir la llamada entrante mientras mi resolución se endurecía. Poniendo mi teléfono en el bolsillo de mi camisa, hice otra mueca cuando el rifle de Benny repitió una tercera ronda. ¿Dónde estaba su objetivo? Volviéndome a mirar, sentí un momento de gratitud y respeto mezclados con miedo cuando otro trabajador de la construcción con su rifle apuntando en mi dirección cayó indefenso. Un saludo rápido de agradecimiento respondió la voz de Benny silbando, "tú apuesta. Eras un pato sentado". Entonces sus direcciones y sugerencias estaban siendo transmitidas al operador que todavía estaba con nosotros. Escuche la coordinación para deshacer el resto de los secuestradores

de rehenes y me di cuenta de que estaba atrapado en el medio de cualquier manera. Podría retroceder y ver a mis vecinos morir bajo coacción ¿Deberían irse las fuerzas de la ley? O podría intentar ayudar un poco más. El contratista principal que salió mal parecía aventar el radio que tenía en la mano. Un radio brotó de los arbustos detrás de mí.

Suponiendo que fuera de uno de sus socios, lo apague y lo arroje al lado del cuerpo. Luego miré detrás de mí hacia los grandes ventanales del pórtico a tiempo para ver el líder pasar al frente. Comenzó a revisar atrás y señaló la puerta. Usó su radio de nuevo. Después de unos momentos que se sintió como una eternidad, hizo una mueca y pateó algo. Fue entonces cuando los criminales se dieron cuenta de que algo andaba mal. Sabía que las cosas podían salir mal rápidamente. Le indico a mi tripulación invisible que yo iba a colarme por la puerta trasera, la entrada de empleados, del pórtico para ayudar en caso de que los rehenes fueran utilizados para liberarse. Obteniendo el reconocimiento y lo que estaba esperando, me moví hacia adentro.

Yo tenía razón. El tipo que vi hablando por el radio era el encargado. Y él no estaba escuchando a sus contrapartes. Abruptamente empujo a un rehén cerca de sus pies apuntándole con el arma y comenzó a gritarles órdenes a sus socios para usar a los pájaros de la nieve como escudos. Eso no estuvo bien. Cuando sus contrapartes empezaron a manejar a las personas mayores, me moví un poco más cerca. Uno de los cautivos se fijó en mí. Colocando mi dedo en mis labios, le indiqué silencio. Luego gritos y órdenes estallaron tanto desde el exterior como desde el interior del edificio.

Usando la distracción a mi favor. Traté de resolver los nudos que sostenían a los cautivos. Decidí que una navaja sería más rápido, estoy en cuclillas al lado del siguiente rehén y saqué mi cuchillo. Traté de cortar y destrabar las cuerdas de las muñecas de los rehenes. ¡No te muevas! Suelta tu arma", una voz gritó desde atrás. Sin saber que Me estaba perdiendo y asumiendo que todavía estaba fuera de vista, continué trabajando en el plástico vinculado a los rehenes. El distintivo pop y el dolor fueron instantáneos. Al darme

cuenta de lo que acababa de suceder, yo gire lentamente la cara y mire al tirador. Mi cuchillo cayó de mis dedos mientras se hundió en el suelo y miró hacia abajo. Una corriente carmesí se filtró en mi cuerpo cuando arrugué mis cejas. Abrí la boca para hablar pero salió sangre en lugar de palabras. Los que rescaté fueron diciéndole febrilmente al tirador que yo no era uno de los secuestradores.

Mis ojos se encontraron Los del agente de la ley mientras la realidad lo golpeó. Él inmediatamente pidió asistencia médica en su radio mientras se arrodillaba rápidamente para aplicar presión a mi herida de bala. Sus ojos decían lo que su boca no pudo.

Llegaron más fuerzas del orden y comenzaron a ayudar a los demás mientras yo jadeaba por aliento. Aguanta, amigo. lo siento" dijo el joven mientras sostenía mi mirada. "aguanta ahí."

Mientras parpadeaba, escuché a mi esposa hablándome. El esfuerzo por rechazarla parecía estupendo. Tragar parecía más fácil ya que ella cayó de rodillas a mi lado. Estarás bien bebé, luego me besó. Y yo solo sonreí y cerré mis ojos.

This is Benny

Printed in the United States
by Baker & Taylor Publisher Services